COMPARAISON

DU SYLLA DE M. DE JOUY

AVEC

LE SYLLA DE M. SALLION.

PARIS,

CHEZ ANTH^e. BOUCHER, IMPRIMEUR-LIBRAIRE,

RUE DES BONS-ENFANTS, N°. 34.

M. DCCC. XXII.

De l'Imprim. Anthe. BOUCHER, rue des Bons-Enfants, No. 34.

COMPARAISON

DU SYLLA DE M. DE JOUY

AVEC

LE SYLLA DE M. SALLION.

On a si peu parlé du *Sylla* de M. Sallion, que la plupart des lecteurs demanderont sans doute, qu'est-ce que M. S.? qui connaît M. S.? est-ce que M. S. a fait une tragédie? Oui, M. S. a fait la tragédie de *Sylla*, j'en atteste le *Journal de Paris*, qui, dans son Feuilleton du 20 août dernier, en a rendu compte à sa manière. Ce compte, assez succinct, n'est pas trop à l'avantage de l'auteur. L'illustre feuilletoniste s'annonce sur le ton du persiflage, dit que M. S. est un fort *bon homme*, qui n'aime pas l'intrigue, etc. C'est une belle qualité assurément que d'être *bon*. Il y a, par le temps qui court, bien des gens, voire même des auteurs et des journalistes, à qui cette qualité ne conviendrait guère. Le grand Corneille et La Fontaine furent aussi qualifiés de *bons*, et c'est un honneur pour M. S. de partager ce beau titre avec eux. Après un préambule de quelques lignes, *l'Aristarque* cite huit ou dix vers, pris çà et là dans la pièce, pour donner un échantillon du *faire* de M.S. Il n'est pas bien certain que les chefs-d'œuvre de Racine, de Voltaire, etc., fussent à l'abri des traits d'une pareille critique. L'auteur de l'article est sans doute un homme de grand mérite; il a de l'esprit, beaucoup d'esprit, de l'esprit comme un démon, si l'on veut; mais, soit dit sans l'offenser, il a un peu manqué de jugement dans cette occasion. Un persiflage n'est point une critique, encore moins ce sont des raisons, et il en faut pour faire porter un jugement sain sur un ouvrage aussi important que l'est une tragédie. Celle de M. S. mérite quelque chose de plus qu'un faible tissu de quelques paroles sans raison, et visiblement dictées par une injuste partialité. Il est clair que le journaliste est un ami de M. de Jouy, et qu'il a voulu éloigner toute comparaison entre la tragédie de cet auteur célèbre et celle de M. S. , et en cela il a eu tort, car personne n'est dispensé, pas même un journaliste, d'être équitable.

Le même conseil convient également à l'éditeur de *l'Almanach des Muses*. A la fin de sa notice, il a annoncé le *Sylla* de M. Sallion, et il s'est borné à en citer *cinq* vers; puis il ajoute doctoralement: cette citation suffit pour donner une idée du style de M. S. On peut d'abord faire observer à M. J. G., que ce n'est pas le style seul qui constitue une tragédie, et qu'on ne peut ni on ne doit en juger seulement d'après le style; en second lieu, qu'il est impossible de juger du style sur *cinq* vers, à moins d'avoir une perspicacité dont M. J. G. seul paraît si heureusement doué, ainsi que son honorable ami dont il a été parlé plus haut: mais exception ne fait pas règle. Ces deux Messieurs ont évidemment cherché à empêcher de lire le *Sylla* de M. S. Je suis fâché de leur dire, que pour ce qui me regarde, il est arrivé tout le contraire. Le persiflage du *Journal de Paris*, et la courte notice de *l'Almanach des Muses*, m'ont inspiré le desir de connaître un ouvrage contre lequel la partialité me paraissait se déclarer, et qu'elle voulait faire tomber dans l'oubli. Si, me suis-je dit, ces vers cités sont les plus mauvais de la pièce, je ne puis en concevoir, je l'avoue, une idée aussi désavantageuse qu'on le desire. D'après cette réflexion, je l'ai lue, et ensuite j'ai lu celle de M. de Jouy, apportant dans la lecture de l'une et de l'autre cet esprit de justice et d'impartialité qui convient pour bien juger. Dans le desir et l'espoir que mon travail tourne à l'avantage de l'art dramatique, j'ai pris la résolution de faire une comparaison aussi juste que circonstanciée entre ces deux tragédies, et je la livre au public, qui en jugera encore mieux que moi.

Pour procéder avec l'ordre méthodique qui convient dans un tel examen, je considérerai la tragédie de M. de Jouy et celle de M. Sallion, sous les rapports suivants, savoir : le sujet, l'intrigue, l'action, le caractère des personnages, l'effet théâtral, le style, la versification. Je vais commencer par la tragédie de M. de Jouy, parce qu'à tout seigneur, tout honneur : il est académicien, et M. S. n'est rien, comme il le dit lui-même.

1°. *Le sujet.* — Le sujet de la tragédie de M. de Jouy est l'abdication que Sylla fait de la dictature, sujet qui n'a rien de tragique dans l'histoire. Comme il faut cependant du tragique dans une tragédie, l'auteur a déployé toutes les ressources de son talent pour remplir cette condition essentielle et première ; par malheur, les expédients auxquels il a eu recours, ne sont pas, de l'avis des connaisseurs, des plus heureux, puisque, outre le défaut de vraisemblance qu'on y remarque, ils rompent visiblement l'unité d'action, comme nous le ferons observer en son lieu. Les moyens employés par M. de Jouy sont invraisemblables, disons-nous, ou inconvenants; en ce que Sylla ne se démit pas et ne pouvait se démettre de la dictature au plus fort de ses proscriptions, lorsqu'il inondait de sang les rues de Rome; il abdiqua, selon ce que rapporte l'histoire, et c'était ainsi qu'il convenait de le faire, lorsqu'il jouissait en paix de la souveraine puissance, et que tous ses ennemis étaient morts ou domptés; ce qui, soit dit en passant, était bien plus héroïque de sa part, que s'il l'eût fait au milieu de ses arrêts de mort et entouré de ses ennemis, car il eût alors donné à penser qu'il se démettait par crainte, ou par impossibilité de réduire le parti qui lui était opposé. L'abdication de Sylla n'était pas au vrai un sujet propre à la tragédie. Le P. Larue y avait échoué, et M. de Jouy y a échoué à son tour, malgré son talent dans l'art dramatique. Voyons à présent quel sujet son concurrent a choisi dans la vie de ce trop fameux dictateur.

L'histoire nous apprend que pour se faire un appui de Pompée qui s'annonçait déjà avec gloire, il lui donna en mariage Émilie, quoique déjà mariée à Glabrion. M. S. a pris cet événement pour sujet de sa tragédie, en le plaçant dans le temps même que Sylla prit la résolution tyrannique de se faire nommer dictateur à vie. Comme cette résolution était ouvertement opposée à la loi constitutionnelle, qui portait que la dictature ne serait décernée que pour six mois, le tyran devait trouver des obstacles puissants, et ces obstacles pouvaient être fort tragiques. M. S. a eu soin de les rendre tels, ce me semble, 1°. en faisant ourdir une conspiration contre Sylla ; 2°. en présentant Émilie comme une épouse tout-à-la-fois héroïque et fidèle, qui se donne la mort plutôt que d'épouser Pompée, à l'aide d'un divorce. Ces deux moyens sont non-seulement très vraisemblables, mais de plus conformes au rapport des historiens , excepté qu'ils ne disent pas qu'elle se tua, mais qu'elle mourut peu après avoir épousé Pompée ; et il est raisonnable de croire que ce fut de chagrin.

Ainsi, sous les rapports historiques, le sujet du Sylla de M. S. l'emporte sur celui de M. de J.; de plus, il est bien autrement intéressant; car qui est-ce qui intéresse dans la tragédie de celui-ci? Ce ne peut être Sylla, quoique l'auteur force la vraisemblance pour le faire paraître grand, en le faisant se démettre de la dictature au milieu d'un spectacle qui en impose par un faux éclat de magnificence. Ce n'est pas non plus Valérie, dont le rôle est si faible, et qui fait plus pitié qu'elle n'intéresse, tant elle parle et se conduit en folle, plutôt qu'en épouse fidèle et en Romaine généreuse. Sur qui donc tombe l'intérêt? Est-ce sur Claudius? Pas plus. C'est un personnage trop peu connu, et qui d'ailleurs se montre trop peu grand dans la pièce pour intéresser. On ne peut dire qu'il en soit de même de la tragédie de M. S. L'intérêt porte visiblement sur Émilie et Glabrion. Ce sont deux jeunes époux, unis depuis quelques mois, que le tyran veut forcer à divorcer, malgré l'amour qu'ils se portent ; et pourquoi cet acte de tyrannie de la part de Sylla? pour se faire un appui de Pompée, dans la résolution où il est d'être dictateur à vie. Certes, si position a jamais été cruelle et intéressante, c'est celle où sont réduits ces deux tendres époux. Ainsi le sujet du *Sylla* de M. S. est donc non-seulement mieux choisi, mais encore plus intéressant que celui de M. de J. Cet auteur et ses nombreux amis peuvent n'en pas convenir, du moins hautement, ou ils diront: qu'importe, puisque la pièce a réussi.

Depuis bien des années, il est vrai, les auteurs dramatiques regardent comme très secondaires le sujet et la conduite de leurs pièces. Il leur suffit d'avoir deux ou trois scènes à grand fracas, de ces scènes qui éblouissent la tourbe des spectateurs, qui excitent les bravos, qui font crier merveille. Quand un auteur a eu le bonheur de produire ce bel effet, il triomphe, il est sûr du succès, voilà sa fortune faite et sa réputation établie. Qu'arrivera-t-il pourtant un jour? Le chef-d'œuvre sera, comme tant d'autres, enseveli dans un oubli éternel, et pourira dans le charnier des innocents. Au surplus l'auteur en est consolé d'avance, il brave la critique à venir à l'ombre des lauriers qu'il a cueillis, et il se rit des rieurs. Et voilà comme la vraie gloire, la gloire solide et durable, la gloire dont jouissent les Corneille, les Racine, les Voltaire, etc., ne paraît plus qu'une chimère. Que l'on s'étonne encore que la belle littérature est perdue en France !

2°. *L'intrigue.* — Cette partie de tout ouvrage dramatique semblait autrefois essentielle tant aux auteurs qu'aux spectateurs. Maintenant on n'est plus si difficile ; on accumule les événements sans s'inquiéter beaucoup s'ils sont vraisemblables et de nature à être unis ensemble ; pourvu qu'ils produisent ce qu'on appelle de l'effet aux yeux des spectateurs irréfléchis et sans goût, on n'en veut pas davantage : on s'en tient là ; et l'on se flatte d'avoir produit un ouvrage divin. La fable du *Sylla* de M. de J. est si mal inventée, elle repose sur de telles incohérences, qu'il suffit de lire la pièce pour s'en convaincre ; et à cet égard les journalistes les plus sages et les plus modérés en sont tombés d'accord. Ils ont dit, au contraire, que celle de son concurrent est sagement conçue, que l'intrigue est habilement conduite, que la vraisemblance y est fidèlement observée. Mais ne nous en rapportons point à eux, entrons dans quelques développements, et jugeons par nous-mêmes.

M. de J. ayant pris la tâche difficile de faire admirer son héros et d'ennoblir sa conduite, a dû nécessairement inventer une fable contraire aux faits historiques ; et il n'a pu inventer une telle fable, sans se mettre sans cesse en opposition avec la vraisemblance, ou sans faire des rapprochements, les uns forcés, les autres opposés. Que l'on se figure une intrigue conduite par de semblables moyens, et l'on concevra aisément que de toute nécessité elle doit languir, fatiguer et souvent révolter. Ce défaut est si marquant dans la tragédie de M. de J. que le sujet principal, l'abdication de Sylla, n'est annoncé qu'à la fin du IVe. acte. Tout ce qui précède est surchargé de récits plus ou moins diffus, hors de saison et fatigants. Certes nulle intrigue n'est plus vicieuse que celle où l'on tient le spectateur occupé de toute autre chose que ce qu'il attend, et qui lui amène un dénoûment que rien n'a préparé.

M. S. n'a point commis une faute aussi capitale. Dès le premier acte de sa tragédie, on voit que Sylla veut se faire nommer dictateur à vie; on voit se succéder dans tout le cours de la pièce les moyens qu'il emploie pour arriver à ce but, en même temps que l'on voit naître les obstacles que cet ambitieux tyran doit trouver à ses desseins. L'auteur a toujours son objet présent, les épisodes s'y rattachent naturellement et sans effort; c'est Marcellus d'abord, et ensuite Glabrion, qui conspirent pour traverser Sylla et sauver la liberté romaine; c'est Émilie qui fait tous ses efforts pour rester unie à l'époux qu'elle aime. Tout concourt enfin, les moyens et les obstacles, à faire marcher l'intrigue et à amener le dénoûment, qui est le triomphe de Sylla et la perte de ses ennemis. Au surplus, il suffit de lire les deux tragédies avec un esprit dégagé de toute partialité, pour savoir laquelle des deux doit, sur ce point, l'emporter sur l'autre : ainsi j'y renvoie le lecteur.

3°. *L'Action.* — Commençons par rapporter la loi dictée par Horace, et si bien rendue par Boileau :

> Qu'en un lieu, qu'en un jour, un seul fait accompli,
> Tienne jusqu'à la fin le théâtre rempli.

Un drame quelconque est donc la représentation d'un *seul* fait, ou *seule* action. Ainsi un auteur qui, dans une intrigue péniblement ourdie et mal conduite, accumule des faits, les uns étrangers à l'action principale, les autres passés dans des temps plus ou moins éloignés, viole donc ouvertement la loi des maîtres de l'art, et son ouvrage est défectueux de ce côté-là. Nous venons de voir, en parlant du sujet de son *Sylla*, que M. de J. s'est, à cet égard, donné toute latitude, toute licence, nous représentant Sylla inondant de sang la ville de Rome, le jour même qu'il abdique la dictature, tandis qu'alors il n'avait plus d'ennemis à craindre ; faisant égorger dans la même circonstance, plus de six mille prisonniers qui avaient péri long-temps auparavant ; se conduisant enfin en homme qui craint de voir la suprême puissance lui échapper des mains, tandis qu'il en jouissait si paisiblement, qu'au même instant il va s'en dessaisir de son propre mouvement, et sans que rien l'y oblige. Et il est à remarquer que ces diverses actions ne sont point des épisodes qui tiennent à l'action principale ; ce sont de vrais hors-d'œuvre qui détruisent l'unité.

Les amis de M. de J. vont encore s'écrier que je suis le chaud partisan de son rival ; mais puisque je me suis fait une loi d'être juste et de n'avoir qu'un poids et qu'une mesure, pourquoi ne me déclarerai-je pas en faveur de celui qui me semble avoir pour lui le bon droit. Peut-on dire avec vérité que, dans le *Sylla* de M. S., l'action ne soit pas *une!* De quoi s'agit-il ? De l'intention formelle où est cet heureux tyran de devenir dictateur à vie, c'est-à-dire, d'envahir l'autorité suprême pour asservir Rome. Cette unité d'action n'est altérée en rien. Les épisodes, loin d'y porter atteinte, s'y rattachent si naturellement, qu'ils servent à y donner plus de force, plus d'intérêt, plus d'éclat. Ils rendent de plus le dénoûment aussi naturel qu'il est peu prévu, double qualité que les bons auteurs ont toujours tâché de réunir. Je finirai cet article par une réflexion qui pourra déplaire encore aux amis de l'illustre académicien, c'est que, comme l'observe très bien La Harpe dans son *Cours de Littérature*, tout, dans une bonne pièce de théâtre, doit être motivé, tant dans l'action principale que dans les moyens accessoires. Les grands maîtres se sont soigneusement conformés à cette règle; mais M. de J. a cru pouvoir s'en dispenser : reproche qu'on ne peut raisonnablement faire à M. S., qui semble, à cet égard, avoir poussé l'attention jusqu'au scrupule. Ses personnages ne disent et ne font rien sans un juste motif; et l'on dirait que l'auteur a toujours eu présent à l'esprit cette question d'une sévère critique : Pourquoi tel personnage agit-il ainsi ? pourquoi dit-il cela ? Et c'est sûrement ce mérite du *Sylla* de M. S. qu'a remarqué M. C. dans le *Journal des Débats*, lorsqu'il a dit que l'intrigue de cette tragédie est sagement conduite : mérite qui sert merveilleusement à rendre l'action *une*, et, par suite, intéressante ; car l'intérêt n'est point, ou est bien faible, quand il est partagé, et que l'esprit du spectateur est promené, tantôt sur un objet, tantôt sur un autre, et qu'il perd de vue l'action principale.

4°. *Le Caractère des Personnages.* — Ou les personnages que l'auteur met sur la scène sont de son invention, ou il les a pris dans l'histoire. Dans le premier cas, il doit leur donner un caractère convenable à son plan, et ce caractère, une fois marqué, doit être soutenu et marqué jusqu'à la fin. Dans le second cas, le poète doit suivre fidèlement l'histoire, ou tout au moins ne pas la contredire. Mais quand il s'agit du principal personnage, le mieux est que la fidélité soit parfaite. Telle est la loi prescrite et suivie par tous les maîtres de l'art. Voyons comment MM. de J. et S. s'y sont conformés, chacun dans leur tragédie.

Appien, dans son *Histoire Romaine*; Plutarque, dans ses *Vies des Hommes illustres*, nous ont peint Sylla comme un homme ambitieux, vindicatif, féroce, sanguinaire, dépravé, sans mœurs, sacrifiant tout à la passion frénétique qu'il avait d'être seul maître à Rome, enfin comme un tyran souillé de mille crimes. S'il abdiqua la dictature, ce ne fut ni pour faire le bonheur des Romains qu'il détestait, ni pour rendre la liberté à sa patrie ; ce fut par ennui des grandeurs, ou, pour parler plus juste, par un effet de l'orgueil dont il était dévoré, estimant qu'il ajouterait encore à sa haute renommée en descendant du pouvoir suprême au rang de simple citoyen ; et que, par cette action héroïque à ses yeux, il passerait, plus que jamais, pour un homme extraordinaire, pour un demi-dieu, digne de régner sur l'Univers entier, et de se voir ériger des autels. L'orgueil et l'ambition seuls ont constamment été le mobile de sa conduite. Tel fut ce fougueux Sylla qui gouverna Rome tyranniquement pendant trois ans comme dictateur. M. de J. l'a-t-il ainsi présenté aux spectateurs qu'il a appelés en grand nombre pour leur faire admirer son beau talent à développer les grands caractères ? Son Sylla est-il vraiment celui dont parlent Appien et Plutarque ? Est-ce le *Sylla* dont nous avons tous une idée, qui le fait regarder comme un des plus cruels fléaux de l'humanité ? D'abord, si l'on s'en rapporte à certains journalistes, il s'en faut de beaucoup. Selon eux, le *Sylla* de M. de J. est un héros magnanime, digne d'admiration. Il se glorifie de ses sanglantes proscriptions, parce que, dit-il :

Vers la liberté,
Je ramène en esclave un peuple épouvanté.

Quelle manière de rendre la liberté à un peuple, que de l'égorger par partie, et de faire tomber sous la hache des licteurs la tête des hommes les plus vertueux et les plus distingués de la république! Mais parcourons la tragédie de l'auteur, et voyons comment agit et parle Sylla, et nous pourrons juger de son caractère par nous-mêmes, sans nous en rapporter à des écrivains dont M. de J. peut récuser le témoignage.

On ne peut dire que Sylla agisse beaucoup ; car, à l'exception de l'abdication qu'il fait de la dictature, à la fin de la pièce, on ne le voit rien faire ; à moins qu'on ne veuille regarder comme une action le sommeil que l'auteur lui envoie de sa grâce, tout exprès pour lui faire avoir un songe que l'on trouve un des plus beaux endroits de la pièce. Je suis fâché de n'être pas du même avis. Ce sommeil est aussi mal amené qu'il soit possible, et est en opposition directe avec le caractère du tyran ; pour preuve, je citerai ces vers :

O *bienfait inconnu* ! mes yeux et mes esprits
S'affaissent lentement par le sommeil surpris.

On conçoit aisément que le sommeil soit un *bienfait inconnu* pour Sylla : les remords doivent cruellement troubler le repos des monstres tels que lui : mais est-ce dans le moment même qu'il condamne son propre fils à la mort, qu'il peut goûter le *bienfait inouï* du sommeil ? N'est-ce pas contrarier ouvertement la nature et lui faire faire une chose contraire à son caractère ? Ce sommeil et le songe qui

(17)

s'ensuit, sont donc aussi déplacés et invraisemblables l'un que l'autre.

Si le tyran n'agit pas, en récompense il parle
beaucoup ; ainsi l'on peut juger de son caractère,
du moins par ses paroles. Dès qu'il paraît sur la
scène, il se montre bien tel qu'il est, un monstre
de cruauté, un tyran, un homme de sang :

> Et dans des flots de sang j'éteins les factions....
>
> Du peuple et du sénat je me proclame maître....
>
> Vons demandez des fers, je vous donne la mort.

Voilà, par ces vers et d'autres non moins propres à
le peindre, son caractère féroce parfaitement éta-
bli. Se soutient-il? on va en juger par ces autres
citations, acte II, scène 6. Lœnas, qui n'est qu'un
simple sénateur, que le tyran n'aime pas, lui dit
d'un air de conspirateur : *J'ose t'interroger*. Et
Sylla qui, à ce seul mot, d'interroger, aurait dû,
d'après son caractère altier, l'anéantir d'un seul
de ses regards farouches, et le bannir soudain de
sa présence, se borne à lui dire :

> Ton audace, Lœnas, a droit de me surprendre ;
> Mais parle, cependant, je consens à t'entendre.

Non certes, il ne doit pas y consentir, puisqu'il est
Sylla. Autre écart du même genre, mais bien
plus étonnant : Claudius, lui a-t-on dit, veut l'as-
sassiner. Le dictateur le fait paraître devant lui, et
dans une scène trop visiblement calquée sur celle

2

d'Auguste avec Cinna , il sort de son caractère cruel, s'avance vers l'assassin, et lui dit :

Frappe, nous sommes seuls : accomplis ton dessein.

C'est bien alors le Sylla de M. de J. qui parle, et non pas le Sylla de l'histoire , dans lequel on n'a jamais rien remarqué de tel. Troisième écart. Après s'être montré si grand , si généreux , tout-à-coup il reprend ses inclinations naturelles, il rentre dans son caractère de sang , et dit en frémissant à Claudius :

Tu me rends à moi-même, à mes justes fureurs :
Craignez-moi si je vis, et tremblez si je meurs.

Et là-dessus , il fait arrêter ce Claudius, et Faustus même, pour les envoyer au supplice. Et il fallait en effet ce retour sur lui-même, autrement que serait devenu le pompeux échafaudage sur lequel est élevé le dénoûment qui a tant fait crier merveille, et qui, comme tout le reste, est forcé, invraisemblable , et n'a qu'un faux éclat. Après cette scène, vient celle du songe, et cette scène rappelle encore beaucoup trop celle d'Auguste, pour que M. de J. s'en fasse gloire. Quant au songe, que tout homme de goût ne peut admirer , le tyran y montre un caractère inégal, discordant, et tout différent de celui qu'il paraissait avoir étant éveillé.

D'après cet examen et ces citations , il est donc

évident que le Sylla de M. de J. est un Sylla de
sa façon, un Sylla qu'il a voulu nous faire admirer,
en lui prêtant un caractère de grandeur et de ma-
gnanimité, en le rapprochant autant qu'il lui était
possible du Sylla qu'il avait en vue, du Sylla
dont on trouve la ressemblance dans la figure du
frontispice, et dans le préambule historique dont
sa tragédie est précédée; enfin du Sylla corse,
que tout bon Français regardera toujours comme
le plus cruel tyran qui ait jamais désolé son pays,
comme un monstre altéré du sang humain qu'il
a fait couler à longs flots, pour assouvir son insa-
tiable ambition, et qu'il rougirait d'appeler, à
l'exemple de l'auteur, *le plus grand capitaine qui
ait encore paru sur la terre.*

Les caractères des autres personnages de la pièce
de l'illustre académicien, ne sont ni mieux saisis,
ni mieux peints, ni plus intéressants. Valérie, sur
qui l'intérêt pouvait si facilement se porter, parle
si insolemment au tyran, environné de toute sa
puissance, qu'il faut la regarder plutôt comme
une femme dont la tête est perdue, que comme
une épouse tendre; une romaine vertueuse, qui
veut sauver son mari, et qui gémit de l'esclavage
de sa patrie : aussi le dictateur la traite-t-il avec
une sorte de mépris, qui prouve le peu d'attention
qu'il fait à ses folies, et il lui dit :

> Je ne redoute point ta fureur vengeresse;
> De ton sexe en tous temps j'épargnai la faiblesse.

Et lorsqu'à la fin elle accourt comme une énergumène sur la scène pour le tuer, il se contente de dire d'un air de pitié :

Eloignez cette femme.

Claudius, mari de Valérie, pouvait aussi intéresser beaucoup, et il n'intéresse point ; son caractère n'est nullement prononcé, c'est un conspirateur sans énergie ; et Lœnas, personnage très secondaire, en a bien plus que lui. L'auteur aurait dû, cependant, élever d'autant plus le caractère de Claudius, en lui faisant jouer un beau rôle, que c'est un homme inconnu dans l'histoire. Un personnage qui est de la création du poëte, exige plus de soins encore qu'un autre, surtout quand il est un des principaux.

Catilina, son ennemi, est d'un caractère si vil, si atroce, il se montre le ministre si lâche des assassinats de Sylla, que son rôle est celui d'un brigand qui révolte, loin d'intéresser. On pourrait citer plusieurs des vers de son rôle, à l'appui de ce sentiment ; mais il suffit de renvoyer à la pièce.

Un de nos meilleurs critiques, en fait d'ouvrages de théâtre, a trouvé le rôle de Faustus bien tracé. Je me garderai bien de m'élever contre cette opinion ; mais je ne puis m'empêcher d'ajouter que ce même Faustus serait bien plus intéressant s'il montrait plus de force, et si son caractère était

plus prononcé. Tout bien peint qu'il est, il ne fera
jamais un grand effet, Faustus ne joue pas un rôle
assez important.

Pour Roscius, qui est l'honnête homme de la
pièce, je ne sais pas si je me trompe, mais avec
tout le respect que je porte à Cicéron, qui estimait
beaucoup ce Roscius, dont il avait été l'avocat, et
malgré la profonde vénération que j'ai pour les
confrères modernes de ce fameux comédien, il me
semble que ce n'était pas de Roscius que M. de J.
devait faire choix pour l'opposer à Sylla, et en faire
le défenseur de la liberté romaine. L'auteur avait
sans doute ses vues; malgré tout, il ne faut pas
blesser les convenances, au point de mettre un
dictateur en opposition avec un comédien; car,
quelque amis qu'on les suppose, il n'est pas vrai-
semblable que le féroce Sylla se laissât conduire
et censurer par Roscius, et les historiens qui nous
ont parlé de cette amitié, ne l'ont point portée jusque-là. M. de J., loin d'y ajouter encore du sien,
aurait dû au contraire retrancher quelque chose
des faits historiques, pour se rapprocher d'autant
plus de nos mœurs, et ne pas heurter trop fortement nos préjugés. Ce n'est pas, je l'avoue, que
depuis assez longues années, Messieurs les artistes
dramatiques ne jouissent parmi nous d'une considération qui, aux yeux de certaines personnes,
ne doit pas être le partage de gens voués par état
aux plaisirs du peuple, et exposés à ses sifflets.

Quoi qu'il en soit, un auteur sage observe les convenances. Toutefois, laissons cet article, et disons avec le bon La Fontaine :

> Mais ne confondons point, pour trop approfondir,
> Leurs affaires avec les nôtres.

Sur les premiers personnages de la tragédie de M. de J., voilà les six qui sont les plus marquants ; ainsi il est inutile de parler des cinq autres. Le caractère de ces six principaux personnages est donc à-peu-près manqué, à commencer par celui de Sylla, qui est le plus en opposition avec la vérité historique. Les autres sont ou faibles, ou peu importants, ou révoltants ; tel est celui de Catilina.

Occupons-nous à présent du caractère des personnages que M. S. a fait agir dans sa tragédie. Ils sont au nombre seulement de huit, et tous, à l'exception de *Fulvius*, sont importants, et jouent un rôle plus ou moins intéressant, et que nous allons examiner le plus succinctement possible. Commençons par Sylla.

D'un bout de la pièce à l'autre, l'auteur le peint d'après l'histoire, 1°. haut, impérieux. La première parole qu'il dit le peint tel :

> Que me veut Métellus ?

demande-t-il impérieusement à ce sénateur. Et plus bas, en parlant à Pompée :

Au nombre des proscrits est mis Aurélius ;
Il suffit.

. . . . . Qu'on ne m'en parle plus.

2°. Vain, orgueilleux. Il dit à ce même Pompée :

On m'ose résister.
On veut de mes projets me faire désister.

Avec quel orgueil il parle à Valérius Flaccus, qui cependant est prince du sénat (acte II scène 4), pour appuyer le dessein où il est d'usurper la souveraine puissance.

3°. Fourbe, astucieux. Voyez, même acte et même scène, le détour artificieux qu'il prend, pour prouver à Flaccus que c'est lui Sylla, dont on doit faire choix pour être dictateur perpétuel et gouverner Rome.

4°. Altier, ambitieux. Il dit à Métella sa femme qui lui fait sentir le danger de son projet, c'est du peuple romain qu'il parle :

Son repos et son bien veulent qu'il ait un maître,
Et ce maître... eh! bien, oui, c'est moi qui prétends l'être.
Faite pour obéir, Rome m'obéira;
Sous moi, sans résister, Rome s'humiliera.

5°. Cruel, dénaturé.

Sa tête me répond de votre obéissance,

dit-il à Émilie qui se jette à ses genoux pour le fléchir en faveur de Glabrion son époux : et ailleurs à Flaccus, parlant du sang des Romains :

Ce sang est-il si pur ?

Ailleurs encore à sa fille, qu'il veut forcer de quitter son époux, pour l'unir à Pompée. Émilie le prie de la laisser se retirer avec Glabrion dans quelque désert ; ce tyran lui répond :

Non ; vous vivrez à Rome, et vivrez séparés.

Enfin toutes les qualités odieuses que lui donnent les historiens se trouvent réunies dans le Sylla de M. S., et le caractère de ce fougueux dictateur est peint avec la plus grande fidélité, s'il ne l'est pas avec toute l'énergie que l'on pourrait désirer. L'auteur me paraît cependant avoir fait une faute, en mettant ces derniers mots dans la bouche du tyran, *quel courage*. Sylla ne doit rien dire dans cette circonstance ; ses yeux seuls doivent parler et exprimer toute la rage qu'il éprouve en son cœur, de se voir contrarié dans ses volontés.

Le caractère des autres personnages est également soutenu et marqué. Métella joue un rôle presqu'entièrement créé par l'auteur. C'est une épouse indignée des cruautés de son mari, mais qui n'ose cependant lui résister fortement ; elle ne s'échauffe et ne lui parle avec énergie qu'en proportion du danger qui menace Émilie, et c'est la marche de la nature. Mère tendre, elle veut tout tenter pour sauver sa fille.

L'auteur dit dans sa préface que le rôle de Pompée est celui qui lui a coûté davantage ; et je le crois aisément. Pompée, dévoué à Sylla, ne faisait pas un beau personnage ; cependant il fallait bien se garder de l'avilir, il fallait avoir toujours présent à l'esprit que c'était l'homme qui, un jour, serait le grand Pompée. Il me semble que M. S. a heureusement évité l'écueil contre lequel il était si facile d'échouer. Il a présenté Pompée s'attachant à Sylla, par des motifs d'ambition, comme il le dit dans le court monologue de la scène 3 du Ier. acte :

Je vous seconderai, mais pour mieux m'élever.

Et ailleurs, en parlant à Sylla même, acte III, scène 4 :

Mais, Seigneur, ce qu'on veut,
Par un destin fatal, souvent on ne le peut.

Langage que Sylla comprend très bien.
Pompée dit aussi à Flaccus, acte IV, scène 3.

Que Sylla soit le nôtre (notre maître), en attendant qu'un jour
Un autre aussi vaillant le devienne à son tour.

C'est donc dans l'intention formelle de s'élever qu'il se lie à Sylla ; l'ambition est la passion qui le guide ; et Métellus lui en fait le reproche quand il lui dit :

Jusqu'où l'ambition paraît vous égarer.

Flaccus lui avait dit auparavant :

De gloire et de grandeurs votre âme est occupée.
Vous faites de Sylla votre plus ferme appui.

Ainsi l'auteur a peint Pompée comme un jéune ambitieux qui s'attache à Sylla, non parce qu'il partage ses goûts et qu'il approuve ses crimes , comme fait Catilina dans la tragédie de M. de J., mais parce qu'il espère parvenir au faîte des grandeurs dont la soif le dévore ; car , du reste, il laisse assez voir son caractère noble et généreux, comme on en peut juger par son monologue, acte Ier. scène 3. Le rôle n'a donc rien de commun avec celui de Catilina , qui n'est qu'un odieux sicaire de Sylla.

Valérius Flaccus joue dans la pièce de M. S. le même rôle que Roscius dans celle de M. J. ; mais il faut avouer que Flaccus, prince du sénat, est un homme de tout autre poids qu'un comédien , et le spectateur doit assurément plus attendre de l'un que de l'autre. Flaccus est un vrai Romain , qui pleure sur la liberté perdue de sa patrie , qu'il défend le plus qu'il peut contre les entreprises du tyran, à qui il parle avec autant de force que le permet le caractère violent et cruel de Sylla. Et il faut qu'il ait un grand ascendant, tant par son rang que par sa haute réputation de vertu, pour qu'il en vienne au point de dire à ce fougueux dictateur qu'il ne doit pas s'arroger une dignité que les lois constitutionnelles lui refusent, et qu'il ne doit pas avoir plus de pouvoir que la loi. Il est vrai que Sylla n'a pas encore en main la souveraine puissance, et que, pour parvenir à ses fins, il sent la nécessité de ménager le prince du sénat, qu'il ne pouvait perdre sans augmenter le nombre de ses ennemis, et même sans exciter le peuple à se soulever. Il n'avait pas encore atteint le haut rang auquel il aspirait, et jusque-là il lui fallait user de politique.

Glabrion et Métellus sont deux conspirateurs; mais il y a une nuance bien marquée entre le caractère de l'un et de l'autre. Celui-ci, zélé républicain, veut défendre la liberté de Rome jusqu'au dernier soupir, en traversant les projets de Sylla. Tel il se montre d'abord, tel on le voit jusqu'à la fin; il dit :

> Né dans Rome, je veux me conduire en romain,
> Et montrer les vertus d'un vrai républicain.

Il ne dément pas un instant ce caractère. Glabrion, gendre de Sylla, ne pouvait conspirer contre lui, quoique chaud partisan de la république, sans de fortes raisons. Sylla les lui fournit, en le forçant de divorcer avec Émilie : alors le jeune époux de cette femme adorée ne se contient plus ; il entre avec ardeur dans la conspiration ; rien ne l'arrête, et il s'écrie avec autant de fureur que de raison :

> Ces précieux liens qui m'attachaient à lui (à Sylla),
> Le cruel, il les rompt : je suis libre aujourd'hui.

Auparavant il avait dit à Métellus, pour s'exempter de conspirer avec lui :

> Quoi ! l'on aura juré la mort de mon beau-père,
> Et je seconderai ce complot sanguinaire !

Il se borne alors à gémir du sort qui menace
Rome ; mais lorsqu'entre Sylla et lui tous les liens
sont brisés, nulle considération ne l'arrête plus, et
il se joint à Métellus pour perdre le tyran. Comme
l'on voit, l'auteur observe scrupuleusement les convenances, à l'exemple des grands maîtres, ne faisant agir, ni parler ses personnages, sans être en
état d'en donner une raison satisfaisante.

Au surplus, la conspiration de Métellus et de
Glabrion n'est point une conspiration en l'air, et
qui n'en a que le nom. Elle est formelle, bien ourdie, bien conduite, et les suites doivent en être
terribles, comme elles le sont en effet. La conspiration menace directement Sylla. On peut croire
qu'il y échappera ; mais comment ? Qui en sera
victime ? c'est ce que le spectateur ne peut pré-
voir, et ce qui le fait passer tour-à-tour de la crainte
à l'espérance sur le sort de Métellus et de Glabrion,
et même d'Émilie, intimement liée au complot : et
cette cruauté, et cette espérance, sont d'autant plus
vives et bien fondées, que l'on prend un tendre intérêt aux conspirateurs, surtout à Émilie et à son
époux. Quelle différence entre cette conspiration et
celle de Claudius, dans la tragédie de M. de J.

D'après ce qui vient d'être dit, il y a peu de
choses à ajouter sur le caractère d'Émilie. C'est
une épouse tendre, attachée à Glabrion, auquel
elle est unie depuis un ou deux mois ; c'est une
vraie Romaine qui pleure la liberté de sa patrie ;

c'est une fille respectueuse , mais cependant indignée de la tyrannie que son beau-père exerce à son égard. Elle lui parle avec énergie , et non en forcenée ; elle connaît ses devoirs de fille , mais elle ne peut oublier ceux d'épouse et de Romaine ; son principal soin , son étude importante , est de remplir fidèlement les uns et les autres : rôle difficile à remplir vis-à-vis de Sylla , et cependant on peut dire que l'auteur ne l'a fait tomber à cette occasion dans aucun écart. Émilie a donc une grande supériorité sur Valérie. Voilà , quant au caractère des personnages, article si important dans tout ouvragé dramatique.

5°. *L'Effet théâtral*. — Les maîtres de l'art ont toujours mis l'effet théâtral en première ligne. Cet effet est produit de deux manières principales : 1°. par la situation où les personnages se trouvent entre eux , selon les circonstances habilement combinées et amenées par l'auteur ; 2°. par l'opposition, le contraste des différents caractères donnés aux principaux personnages ; tellement que, s'il ne se trouve pas une certaine opposition entre le caractère des acteurs en scène , ou si l'auteur n'a pas ménagé des situations propres à faire ressortir cette opposition , de laquelle naît le choc des passions , source véritable dans une tragédie , de la terreur et de la pitié qui en sont l'essence , il ne peut y avoir d'effet théâtral bien marquant. Voyons à quel point

les deux auteurs que nous comparons sont parve-
nus à produire cet effet dans leur tragédie.

Pour produire de l'effet, il faut de l'action,
et l'on a déjà vu que les quatre premiers actes du
Sylla de M. de J. sont presqu'en entiers plus en
récit qu'en action. Le premier acte consiste à peindre assez imparfaitement Sylla, et à donner une
idée de la manière dont il gouverne, tant hors
du territoire de Rome, que dans les murs de cette
capitale. Cinq scènes, dont la dernière est un
monologue de ce tyran, monologue assez hors
d'œuvre, sont employées à cet exposé : et cependant cet acte peut passer pour le meilleur de
toute la tragédie. Toutefois nul effet théâtral. Le
deuxième acte, loin de faire marcher l'action, et de
produire quelque effet, se traîne péniblement à
l'aide de récits qui n'intéressent point ; Sylla y re-
çoit des ambassadeurs, y préside une assemblée de
sénateurs qu'effraie le massacre de six à sept mille
prisonniers ; y discute avec son fils Faustus, ensuite
avec Roscius, ensuite avec Valérie, ensuite....
Là finit cet acte, où il serait bien impossible de
voir le moindre effet théâtral. Dans le troisième
acte, pas plus. Toujours des récits, toujours des
colloques qui ne mènent à rien, ou une conspiration qui n'est qu'en paroles, et dont l'effet sera absolument nul. Au lieu de faire marcher l'action vers
le dénoûment, au lieu de resserrer l'intrigue, d'intéresser le spectateur et de le faire frémir sur les
suites, cet acte semble, au contraire, tout refroi-

dir , tout ralentir ; il ne promet rien , il n'excite point l'intérêt , il ne produit aucun effet , il laisse le spectateur tout de glace.

Le commencement du quatrième acte est aussi froid , aussi inanimé que les autres ; la scène entre Sylla et Claudius vient enfin ôter le public de son engourdissement ; il le réveille un peu, tandis que le tyran va s'endormir. Voilà donc enfin une espèce d'effet théâtral ; mais effet violent , faux , amené par des moyens contre la vraisemblance , et même contre la nature , comme nous l'avons fait observer plus haut. Enfin le cinquième acte seulement, à la dernière scène , offre un spectacle qui séduit d'abord , et cela d'autant plus , qu'on s'y attendait moins. Mais le vrai connaisseur, l'homme de goût, reconnaîtra aisément en quoi pêche un dénoûment aussi mal amené , et tout cet appareil d'éclat et de grandeur s'évanouira à ses yeux comme des images trompeuses produites par les vapeurs d'un sol stérile et marécageux ; aussi l'on peut dire avec vérité , que le grand effet de cet acte provient plutôt de l'esprit de parti et du jeu brillant des acteurs, principalement de M. Talma , que du mérite intrinsèque de l'action.

Comme il n'y a dans le *Sylla* de M. S. que ce qu'il faut de récit pour l'exposition du sujet, il s'ensuit que presque tout y est en action , par conséquent que sa tragédie est plus susceptible d'effet théâtral que celle de M. de J. Dans le premier acte, il n'y a guère que la première scène pour l'exposition

C'est là que l'on voit cette allusion si frappante que fait Émilie de la conduite du Sylla romain au Sylla corse, en disant à son époux :

> Vois ce romain, à peine à son cinquième lustre,
> Unique rejeton d'une famille illustre,
> Héros qu'en nos malheurs le ciel avait donné,
> Indignement trahi, mourir assassiné.

De tels vers et de tels sentiments ne sont pas faits pour fermer la bouche aux censeurs de M. S. Mais revenons à notre objet.

Dès la deuxième scène de ce premier acte, on voit Métellus parler de conspiration et chercher à y faire entrer Glabrion : voilà l'action qui s'annonce, voilà l'effet théâtral qui commence à agir sur le spectateur. Dans les scènes suivantes, l'action avance, et l'effet théâtral s'ensuit. L'un et l'autre redoublent dans le deuxième acte, dès la scène deuxième, bien faite pour émouvoir vivement Émilie, et par suite le spectateur. Les autres scènes, et surtout la cinquième, entre Sylla, Émilie et Métella, annoncent une suite d'événements intéressants et tragiques : on tremble plus que jamais pour les deux jeunes époux. Cet intérêt et cette crainte, loin de s'affaiblir dans le troisième acte, augmentent encore ; l'effet théâtral y a plus de force, puisque, d'un côté, on connaît la résolution invariable où est Sylla de se faire dictateur perpétuel, et d'unir Émilie à Pompée ; et que, de l'autre, on voit les obstacles qu'il aura à surmonter.

Au quatrième acte, où l'action doit acquérir plus de vigueur, où le poète doit porter les coups les plus forts, on voit Pompée hésiter sur le parti qu'il doit prendre, et Flaccus annoncer au tyran le mouvement du peuple pour s'opposer à ses desseins. Métellus vient encore ajouter à l'incertitude des événements dans laquelle flotte le spectateur. Enfin la dernière scène de cet acte, dans laquelle Sylla survient, lorsque Métella, Glabrion et Emilie se concertaient pour le tromper, produit un effet marquant ; c'est un coup de théâtre qui termine cet acte aussi heureusement que possible, en redoublant l'intérêt et l'attention du spectateur.

On ne peut disconvenir que la 1re. scène du Ve. acte, dans laquelle Glabrion se sépare d'Émilie pour aller rejoindre les conjurés, ne soit propre à exciter la terreur et la pitié ; et l'on dit intérieurement comme Émilie, lorsqu'elle s'écrie en voyant sortir son époux: *je ne te verrai plus!* Ce qui devient malheureusement pour elle que trop vrai. En général cet acte est rempli de mouvements qui produisent l'effet théâtral, telle est la scène 4e. entre Sylla et Métella ; les scènes 7e. et 8e. où le tyran veut conduire Émilie au milieu du peuple, et où il l'arrache des bras de Métella; la 9e. où cette mère désespérée, hors d'elle-même, semble avoir perdu la raison par l'excès de sa douleur; enfin la dernière scène, où Émilie se donne la mort d'une manière si tragique, après avoir appris celle de son époux.

3

Tel est en abrégé l'effet théâtral qui résulte de l'action qui constitue la tragédie de M. S.; c'est maintenant au lecteur à juger lequel des deux a trouvé l'art de toucher, d'intéresser et de plaire davantage, et qui, sous ce rapport, a fait le meilleur ouvrage.

6°. *Le style.* — Il est généralement reconnu que c'est le style qui fait vivre un ouvrage; mais il ne faut pas dire avec certains censeurs modernes, qu'en fait d'œuvre dramatique le style est tout l'homme. Non, le style ne fait pas tout le mérite d'une tragédie ou d'une comédie. L'effet théâtral est la première qualité requise pour la rendre parfaite. On parle beaucoup du style aujourd'hui; on est devenu très difficile sur le style, et je ne sais trop si ceux qui en parlent le plus, connaissent bien toutes les qualités qui le constituent, et comment on doit juger du style. Chaque genre d'ouvrage a son style propre, comme on sait. Ainsi l'histoire a son style; l'art oratoire a son style; la tragédie a son style, la comédie à son style, etc., et c'est ce que l'on appelle les styles généraux. Mais il y a de plus les styles particuliers, c'est-à-dire, que toutes les histoires, par exemple, ne doivent pas être écrites du même style, pas plus que toutes les comédies, ni toutes les tragédies. Il est certain qu'il y a une grande différence entre le style de *Phèdre* et celui d'*Athalie*; entre le style de *Mérope* et celui de *Mahomet*, etc. Le style de *Britannicus* est tel que s'il avait paru de nos jours, il est à-peu près démontré que nos rigides aristarques se seraient récriés sur le style, et n'auraient pas manqué de citer dans le feuilleton de certains journaux, pour échantillon du faire de l'auteur, les vers suivants pris çà et là.

> Madame, retournez dans votre appartement...
>
> Albine, il ne faut pas s'éloigner un moment...
>
> Dis-moi, Britannicus l'aime-t-il?...
>
> Je vous réponds de tout; consentez seulement....
>
> Agrippine, Seigneur, se l'était bien promis....
>
> Mais, Narcisse, dis-moi, que veux-tu que je fasse ?...
>
> . . . Arrêtez, Néron; j'ai deux mots à vous dire....

Quels vers, diraient-ils ! *rentrez dans votre appartement; que veux-tu que je fasse; j'ai deux mots à vous dire.* Tout cela est de la prose, auraient-ils dédaigneusement ajouté; ce n'est point là le style de la tragédie; pardonnez-moi très illustres censeurs, c'est le style qui convient à la tragédie de *Britannicus*; il ne conviendrait pas à celle de Phèdre. Parcourez celle-ci, vous n'y trouverez point des expressions telles que celles qui viennent d'être citées. Racine savait trop bien, pour commettre une pareille faute, quelle nuance il convenait d'employer dans le style de chaque tragédie qu'il composait. Ces nuances sont aussi variées que les sujets que l'on traite; le talent consiste à en faire un judicieux usage lorsqu'on écrit. D'après ces réflexions, que tout le monde du moins ne trouvera pas inutiles, si elles déplaisent à certaines gens, examinons le style du Sylla de M. de J.

Sa tragédie étant plus en récit qu'en action, il s'imposait l'obligation de soigner davantage son style; car alors tous les discours qu'il fait tenir à ses personnages, rentrant dans le genre oratoire, son style devait s'en rapprocher. Or, comme il est reconnu, le style oratoire est élevé, fleuri, pathétique, etc. Ce n'est pas qu'il faille cependant employer rigoureusement un pareil style dans une tragédie purement ou presque toute en récits ; mais encore l'auteur est-il obligé d'indemniser, pour ainsi parler, le spectateur, du défaut d'action dans la pièce par les beautés du style ; au moins faut-il admirer, si on n'est pas ému par la crainte et la pitié. Comme les journaux, même ceux du parti de l'illustre académicien, n'ont rien dit ou peu parlé du style de son Sylla, cela doit nécessairement faire soupçonner qu'il n'y a pas grand éloge à en faire. Toutefois voyons: car si d'après le sentiment de ces Messieurs, le style est tout, la tragédie de M de J. ne serait rien. Je lis cette pièce avec toute l'attention dont je suis capable, et je me convaincs que le style n'est pas non-seulement celui de l'espèce de tragédie qu'il a voulu faire, mais qu'il est de plus boursouflé, maniéré, rempli de ces expressions recherchées et à prétention, dont les écrivains modernes d'un certain parti affectent d'assaisonner leur style.

Citons : acte Ier. scène 1re., Roscius dit à Métellus ,
en parlant de Sylla.

> Le bonheur de Sylla !... je lis mieux dans son âme
> Que tourmente sa force et que sa course enflamme.

Une course qui enflamme ! Et puis la course de
qui ? est-ce de l'âme ou de Sylla ? Les vers qui
suivent sont de l'emphase toute pure en l'honneur
du Sylla corse.

> Je veux savoir de vous, *avant que de* signer.

Pour un membre de l'académie , un collègue de
M. de Wailly, M. de J. devrait savoir qu'il n'est
pas français de dire *avant que de* : il faut *avant de*
avec l'infinitif, ou *avant que* suivi du subjonctif.

> Que nous fait Claudius ? il s'agit de Sylla.

Que nous fait Claudius est du style le plus
familier.

> Les tribuns des consuls se montraient les rivaux.

Les tribuns des consuls, inversion vicieuse.

> Dans les siècles de gloire avec moi transportés.

Autre faute de français ; il faut dire : ou dans *de*
siècles *de* gloire ; ou , dans *les* siècles *de la* gloire.

> Gordius, qui t'amène encore devant moi ?

Style bien peu relevé dans la bouche de Sylla ,
qui affecte de la grandeur en ce moment-là même.

Le peuple, au point du jour instruit de tes menaces.

Voilà un *point du jour* qui ne rend pas le vers bien brillant.

Acte II, scène 9. Presque tout ce que dit Valérie présente l'enflure, l'amphigouri.

> Assouvis le besoin de ton *âme odieuse* ;
> Contemple-moi, cruel! je suis bien malheureuse, etc.

Catilina dit, en parlant de lui, acte III, scène 2 :

> Mais il s'y cache en vain à mon *regard fatal.*

On le sait que son regard est *fatal* ; mais ce n'est pas à lui de le dire. Valérie dit, scène 5 :

> Faustus, est-ce ma vie ou ma mort qui s'apprête ?

Une *vie qui s'appréte !* Et scène 7, elle dit :

> Comme nous, nos amis *ont dévoué* leur vie.

Le verbe *dévouer* ne s'emploie point absolument, et l'auteur devait dire à qui les amis de Valérie dévouaient leur vie. Plus bas, scène 8 :

> Et, devenu *l'oracle* et l'instrument du sort,
> Au cri *de liberté* je lui donne la mort.

J'ai le malheur de ne pas trouver correctes ces expressions : être *l'oracle du sort*, et *au cri de liberté*. Poursuivons ; acte IV, scène 1re. :

> Le pontife est à nous, et le piége est tendu.

Sont-ce bien là des expressions dignes de la tragédie, le *pontife est à nous*, le *piége est tendu.*

Sylla dit, scène 5 :

Et *Faustus*, et *mon fils* lui prête son secours !

Faustus et mon fils font équivoque, en ce que l'on croirait que le tyran parle de deux personnes : c'est la conjonction *et* qui produit cette faute.

Acte V, scène 3, Claudius dit à Faustus :

Pardonne un souvenir qui mêle ses tourments
Au glorieux espoir de mes derniers moments.

Voilà encore un exemple de cet amphigouri dont je parlais tout-à-l'heure.

Scène 4, Sylla dit au moment d'abdiquer :

Mon asile, a-t-on dit, est dans la dictature.

Quel vers, quel style, dans un pareil moment.

Le vers suivant peut encore donner une idée du style de l'académicien ; scène 4 du dernier acte :

J'ai gouverné sans peur, et j'abdique sans crainte.

Ce vers, que le public de M. de J. (car aujourd'hui chaque auteur dramatique a son public) a trouvé superbe, et qu'il a couvert d'applaudissements, ne paraît cependant ni heureux, ni ne renferme une idée noblement exprimée. *Sans peur et sans crainte*, ainsi rapprochés, ne feront jamais un bon vers et ne présenteront une pensée sublime. L'auteur semble cependant beaucoup l'affection-

ner , car il l'a mis au bas de la gravure du Sylla ,
non pas de Rome , mais de lui , M. de J. , du Sylla
qu'il veut absolûment nous faire admirer, et dont
il a eu grand soin que le burin traçât les traits assez
fidèlement pour qu'on ne s'y méprît pas. Je crois
qu'en voilà bien assez pour faire connaître le style
de M. de J.

Comme M. S. est un auteur bien moins important , et que d'ailleurs je n'ai point trouvé dans sa
tragédie de ces fautes de style que l'on peut raisonnablement relever , je parlerai de son style en
général. Quelques critiques ont paru lui reprocher
de n'être pas assez élevé , pas assez nerveux. Il se
peut ; mais la tragédie de M. S. comporte-t-elle en
effet un style autre que celui qu'il a employé. Je
sais que l'on trouve des vers faibles dans sa pièce.
Celui-ci, par exemple , relevé par deux critiques :

De vos réflexions à la fin je suis las.

Sylla pourrait parler avec plus d'autorité et de no-
blesse ; mais les vers qui précèdent sont , à mon
avis , loin d'être mauvais. Le suivant, que j'ai vu
censurer , est de ce nombre :

Le triomphe est plus beau , plus on a combattu.

L'auteur est fort heureux , s'il n'en a pas fait de
moindres dans toute sa tragédie. Toutefois, comme
il faut être impartial, je dirai que je desirerais, dans
le style tragique de l'auteur, un peu plus de cette

teinte sombre qui doit comme imprégner une tragédie; mais aussi le même motif d'impartialité m'o-
blige de citer quelques morceaux vraiment tragiques et pleins de vigueur. On en trouvera, acte Ier.,
scène 2 et scène 4 ; acte II , scène 3 , scène 4 et
5 ; acte III , scènes 4 et 6 ; acte IV , scènes Ire. , 2 et
5 ; acte V , scènes Ire. , 4 , 7 et dernière. On trouvera dans les scènes que je cite des preuves que le
style de l'auteur n'est point aussi faible et peu élevé
que l'on veut le faire croire.

7°. Enfin, *la Versification.* — C'est aujourd'hui
la chose dont on s'occupe le moins. Jamais les poètes
français ne se sont plus donné de latitude et plus
pris de licence. M. de J. , à cet égard, est à la hau-
teur de son siècle. Je vais citer des vers de lui, dans
lesquels toutes les sortes de fautes en poésie se trouvent réunies.

Tout fuit, ou meurt ; tout cède à mes premiers efforts.

Défaut de césure.

J'accuse ses desseins , sa haine. Cependant
Je connais Métellus.

Enjambement et vers prosaïque.

Armant la liberté pour frapper les *Tarquin.*

Il faut absolument le pluriel.

Je m'y soustrais moi-même avec quelque *regret,*
Mais je dois écouter un plus grand *intérêt.*

Une brève avec une longue, faute extrêmement commune dans l'auteur, et en général chez les poètes modernes; faute qui annonce un défaut de goût, et qui prouve qu'on n'a point d'oreille. Nous allons en remarquer bien d'autres.

> Je puis parfois changer mes desseins. Mes décrets
> Sont comme ceux du sort.

Autre enjambement, vers prosaïque.

> Et songe que ton père est l'auteur de l'*arrét*,
> Que je trahis pour toi ce terrible *secret*.

Autre rime fausse.

> Tu m'arrêtes; eh! bien, je vole chez Sylla;
> Il verra ma douleur: mon père *m'entendra*.

Sylla, *m'entendra* en rime! rime insuffisante.

> Pour des conspirateurs se déclare aujourd'*hui*,
> Et vient, sûr de l'*appui* d'un public idolâtre.

Rime à l'hémistiche, *aujourd'hui* avec *appui*.

> Faustus, est-ce ma vie ou ma mort qui s'*apprête*,
> Et mon époux?...
>
>   Il vit; je connais sa retraite.

Troisième rime fausse, *apprête* avec *retraite*.

> L'Arabe peut errer sur ses brûlants *rivages*;
>
> Les *animaux des bois* ont *leurs antres* sauvages....

Qu'à *mon époux mon cœur* préfère *ma* patrie....
Pourquoi *dans des dangers* que l'on peut prévenir.

Ces vers sont durinscules, pour ne pas dire *durs*. C'est ainsi que Chapelain en faisait.

La mort, la mort sur l'heure à quiconque *oserait*,
En cachant un proscrit, retarder son *arrêt*.

Encore une rime fausse. Comme il serait trop long de citer toutes les fautes de ce genre, je ne les ferai plus remarquer.

Cours, chez son affranchi Sergius : qu'on l'arrête.

Vers sans césure.

Quel est le noble prix que mon cœur en *attend*?
Les Romains sont trop vils pour leur donner mon *sang*.
Si du haut de ce *rang*....

Attend et *sang* riment très mal ; en récompense, *rang* à l'hémistiche, rime très bien avec *sang*. J'ai bien noté d'autres fautes ; mais je me lasse de les citer, et je m'en tiens à celles-ci.

Quant à la versification de M. S., on ne peut lui faire de reproches. On ne trouve pas une seule faute contre les règles dans toute sa pièce ; je l'ai lue avec assez de soin pour l'assurer. Un critique a cependant cru en voir une dans ce vers, qu'il dit de treize syllabes.

Conformons-nous d'abord à nos *anciens* usages.

Qu'il lise tous les traités de versification, et il y verra qu'il est permis de faire le mot *ancien* de deux ou de trois syllabes. L'auteur pouvait dire, en le faisant de trois, aux *anciens usages*. Il reprend aussi cet autre vers :

M'annoncer aux *nations* par un coup de vigueur.

S'il avait daigné lire l'*errata*, il aurait vu que c'est *Romains* et non *nations* qu'il faut lire. Le même critique badine M. S. sur son scrupule de mettre en rime *ami* et *ennemi*. Qu'il lise encore les traités de la versification, et il y verra comme règle inviolable, qu'on ne doit point faire rimer le simple avec le composé. Non-seulement il n'y a point de fautes dans les vers de M. S., mais il en a beaucoup qui sont bien frappés, s'il en a de faibles. On ne peut, ce me semble, trouver que les suivants manquent de force :

Ah ! le bras d'un tyran est si prompt à frapper !...

Vous craignez un tyran, et vous êtes des hommes,
Romains dégénérés !

M'obéir, c'est, Madame, obéir au ciel même...

Qui manque à son devoir commet toujours un crime....

L'amour de la patrie enfante des miracles...

Mourir pour son pays est un sort glorieux...

L'amour est-il si fort dans le cœur d'une mère ?
— Vous semblez en douter, ciel ! et vous êtes père !

Venez leur déclarer, pour désarmer leurs bras,
Que vous rompez des nœuds.....

Ils ne m'en croiraient pas.

Je m'arrête, et je borne ici la comparaison que j'ai entreprise entre le *Sylla* de M. de J. et le *Sylla* de M. S. On a aisément remarqué que je parle bien plus pour la tragédie de ce dernier que pour celle de l'autre ; et en cela j'ai suivi le sentiment d'impartialité qui me guide. La pièce de l'académicien pêche sous tous les rapports , le sujet, le but, l'intrigue, les caractères, etc. Elle ne présente aucune action réelle , ce n'est point une tragédie à proprement parler : le spectateur n'y passe jamais de la crainte à l'espérance ; il ne voit personne qui mérite le moindre intérêt, personne n'y est dans un danger réel et prolongé. Il en est tout autrement de la pièce de son concurrent. Le sujet en est clairement énoncé. L'action en est une ; elle est intéressante , on y passe de la crainte à l'espérance pour la vie d'Émilie et de Glabrion, deux personnages marquants dans la pièce. Les caractères sont bien tracés et conformes à ce qu'en dit l'histoire ; l'intrigue est sagement conduite. L'effet théâtral et le style sont , à mon avis, tels que le sujet le comporte , quoi qu'en aient dit certains critiques. On en a dit ce que l'on dit du style de *Britannicus* , lorsque ce chef-d'œuvre parut : ce n'est pas , et Dieu m'en garde, que je veuille mettre le *Sylla* de M. S. sur la même ligne que le *Britannicus* de Racine ; je veux seulement dire que si on a été injuste envers un si grand poète, on peut bien l'être envers un auteur peu connu.

Je finirai mon travail , toujours dans le desir

d'être utile , et de faire quelque chose qui tourne à l'avantage de l'art dramatique , par quelques réflexions sur le succès du *Sylla* de M. de J., et sur l'oubli dans lequel on veut ~~ensevelir~~ le *Sylla* de M. S. La position où se trouvent ces deux auteurs est entièrement différente ; et cette différence fait tout dans la thèse présente. D'abord M. ***, né dans la petite ville de Jouy, est venu se fixer dans la grande ville de Paris, qu'il habite depuis long-temps. Il a eu le talent de se produire, à l'aide de certains ouvrages qui lui ont fait une certaine réputation ; cette réputation s'est accrue par d'autres ouvrages : M.***, né à Jouy, a été, est peut-être encore journaliste ; de là il est devenu académicien. Le voilà lié avec tous les artistes, je veux dire les comédiens, avec les premières puissances de la littérature ; lui-même est aujourd'hui un des maîtres en Israël ; le moyen qu'entouré de tels honneurs, qu'élevé à de telles dignités, appuyé de tels partisans , secondé de tant et de si chauds amis, il ne réussisse pas dans ce qu'il entreprend. Il eût fait pis, s'il est possible, que son *Sylla*, qu'il aurait réussi.

Quelle comparaison de ce Monsieur né à Jouy et tout puissant à Paris, avec M. S. qui est en province. Un provincial ! ce titre seul est exclusif. Tout ce qui vient de province ne peut être de bon aloi, et passe pour être de contrebande. On l'arrête sans pitié aux barrières du Parnasse parisien , et on le jette dans le fleuve du Léthé. De plus, M. S. n'est point connu ; il se tient retiré, dit-on (1), et cultive tranquillement le bel art des vers : c'est un *fort bon homme* qui n'aime point l'intrigue ni la philosophie, autant qu'on en peut juger par sa tragédie : de plus, c'est un royaliste, et qui pis est peut-être un *ultrà* : le pauvre homme, et il réussirait ! Impossible, impossible. Il ferait une *Mérope*, une *Rodogune*, une *Athalie*, qu'il n'aurait pas de succès. Toutefois on peut reprocher aux journalistes qui partagent ses sentiments de n'avoir pas mieux fait connaître son *Sylla*. Ce n'est point une pièce à devoir être laissée dans l'oubli, et son auteur mérite d'être encouragé, car nous lui connaissons plusieurs pièces de théâtre, entr'autres *Thrasybule*, qui nous semble bien supérieur à *Sylla* ; et des comédies : les *Époux Jaloux*, le *Parvenu*, le *Faux Philosophe*, etc. Toutefois il fera très bien de garder tout cela en portefeuille. Il doit se consoler d'ailleurs du peu de succès qu'il a obtenu

---

(1) M. S. vit en effet dans une de nos grandes villes de France. Cependant il a vécu à Paris, où nous l'avons connu ; il y était venu pour prendre un peu l'air du bureau, se lier avec les meilleurs littérateurs, pour s'instruire à leur école ; mais il ne tarda pas à se convaincre que, dans notre bonne ville, on ne s'occupe guère des autres. Il vit aisément que tout y est cabale, intrigue, égoïsme, etc., et qu'il faut avoir un tout autre caractère que le sien pour réussir. Là-dessus, il s'en retourna dans sa patrie.

jusqu'à ce jour , en faisant attention à l'espèce de gloire dont jouissent aujourd'hui la plupart des auteurs dramatiques. Si le goût s'épure et redevient dans notre belle France ce qu'il était sous Louis XIV, alors il y aura de l'honneur et du plaisir à paraître dans l'arène, et à disputer la couronne de lauriers qu'Apollon donne aux vainqueurs.

FIN.